Eres una Chica Increíble

Oliva Hernández Pantoja

Contenido

Introducción

¡Hola! Me alegro de que te tomes el tiempo para leer este libro. Seguro que ya tienes curiosidad por lo que te espera. Pero antes, quiero contarte un secreto. Es un secreto muy importante que puede acompañarte toda la vida. Así que presta atención y lee las siguientes líneas con total atención.

¿Sabes que eres muy especial? Aunque haya millones de chicos y chicas en este mundo, tú sólo existes una vez. Nadie es exactamente como tú. Eres completamente única y debes recordarlo siempre. Especialmente en las situaciones difíciles de tu vida, nunca debes olvidar que eres especial e importante para este mundo. Tal y como eres.

A veces la vida no es fácil: hay muchos pequeños y grandes desafíos en nuestras vidas. Cada obstáculo exige confianza, coraje y autoestima. A veces pensarás que no puedes hacerlo. Tal vez incluso tengas mucho miedo y dudes de ti misma. Pero la verdad es que todo el mundo se siente así de vez en cuando. ¡Incluso los adultos! Sí, has oído bien: mamá, papá, la abuela, el abuelo e incluso tus profesores, a veces carecen de coraje y confianza. Así que no bajes la cabeza, no te rindas y nunca pierdas la fe en ti misma.

Cada día está lleno de sorpresas. Hay días tan maravillosos que desearías que no acabaran nunca. Pero, tarde o temprano, todo el mundo experimentará también días en los que no todo sale según lo previsto. Ocurren cosas que nos ponen muy tristes, ansiosos o incluso nos enojan.
Pero esos días también forman parte de la vida. No puede haber vida sin malas experiencias. Porque sin lo malo tampoco habría lo bueno.

En los cuentos de este libro conocerás a niñas maravillosas. Niñas que superan el miedo. Niñas que son valientes. Niñas que muestran su fuerza interior. Estoy segura de que tú también puedes hacer todo esto. Pero tienes que empezar a creer en ti misma. Espero que estos cuentos te ayuden a hacerlo.

En las siguientes páginas los sueños, grandes y pequeños, se harán realidad.

PD: Después de cada cuento encontrarás un mandala con un mensaje especial. Puedes colorear el mandala. Lo mejor es utilizar muchos colores brillantes diferentes. Esto te ayudará a recordar mejor el mensaje.

¡Te deseo que te diviertas mucho mientras lees!

¡Soy muy especial!

María y la ardilla

El despertador sonó y sacó a María de su profundo sueño. Bostezó con fuerza y se frotó los ojos con sueño. María era una chica alegre, de largo pelo castaño. La semana anterior había cumplido ocho años y estaba en segundo curso. María se estiró en la cama y luego se levantó lentamente. Se dirigió a la ventana de su habitación y apartó con cuidado las cortinas amarillas. Luego abrió la ventana. Eran las siete de la mañana y los primeros rayos del sol iluminaban toda la habitación. El fresco aire de la mañana le acarició el rostro.

Respiró profundamente y contempló por la ventana los grandes árboles y las innumerables flores que había en el prado del jardín de su casa. Era una mañana realmente bonita, pero María no se encontraba muy bien hoy. En realidad, estos días cálidos de verano le

encantaban. Normalmente la niña se moría de ganas de por fin salir afuera para jugar en el jardín. Pero hoy habría preferido quedarse dentro de su cuarto todo el día.

Había demasiados pensamientos confusos en su cabeza, y tenía mucho miedo de lo que le esperaba hoy. ¡Cómo le hubiera gustado pasar el día durmiendo y seguir soñando! Pero, por supuesto, eso no era posible. Seguro que mamá la habría despertado pronto para que no llegara tarde a la escuela.

María se paseó inquieta por su cuarto durante un rato. Finalmente tomó una decisión. Se puso su vestido azul favorito e hizo su cama, como hacía todos los días. También preparó su mochila con todos los cuadernos y libros para la jornada escolar de hoy. Tampoco se olvidó de llevar su bolsa de deporte, que contenía pantalones de chándal, una camiseta y zapatillas deportivas. Los viernes siempre hacía deporte en la última hora. Normalmente a María le encantaba esta clase, pero hoy todo era completamente diferente. Sabía exactamente lo que le esperaba hoy. La semana anterior la profesora de María, la Sra. Valera, había anunciado que en la próxima clase de educación física treparían por las barras de la pared.

Para María, sin embargo, había un problema: estaba aterrorizada. Nunca había subido a nada en su vida. Con un nudo en la garganta, pensó en sus compañeros de clase. Seguramente se reirían de ella o incluso la llamarían miedosa. Cientos de pensamientos zumbaban en la cabeza de María y se sentía mareada.

De pronto tocaron a su puerta. Era su madre, que quería saber si ya estaba despierta.
“¡Ya voy, mamá!“,
dijo María. Mamá abrió la puerta y dijo:
“Buenos días, cielo. Espero que hayas dormido bien. He preparado el desayuno. Tienes que darte un poco de prisa. Se está haciendo tarde y la escuela va a empezar pronto“.
“Estaré lista en un minuto. ¡Ya voy!“,
respondió María. Se echó la mochila a la espalda y agarró la bolsa de deporte con la mano derecha.

Justo cuando iba a cerrar la ventana de su habitación, oyó un fuerte crujido procedente del exterior. Curiosa, se asomó de nuevo para averiguar de dónde procedía el ruido. ¡En ese momento lo vio! Una pequeña ardilla de color marrón rojizo trepaba ágilmente por un gran árbol del jardín. En poco tiempo había llegado a la copa del árbol.

“Oh, si yo pudiera trepar tan bien como tú, mi pequeña ardilla. Entonces las barras de la pared serían algo muy fácil para mí y ya no tendría que tener miedo...“, suspiró María suavemente. Con tristeza, cerró la ventana y se dirigió a la cocina.

Mamá ya había preparado el desayuno. Había panecillos frescos con deliciosa mermelada de fresa y cacao caliente para beber. Papá ya estaba sentado en la mesa, bebiendo su café con placer mientras leía el periódico.

En realidad, María no tenía hambre, pues estaba muy preocupada. Pero mamá siempre decía que era importante no salir de casa por la mañana sin desayunar. Así que, con el corazón encogido, María también cumplió con eso hoy y se comió un panecillo con mermelada. Después de todo, no quería pasar hambre durante la clase.
"¿Qué hay en la agenda de la escuela hoy?", preguntó papá con interés. María se tragó rápidamente el último bocado y contestó: "¡Primero tengo matemáticas, luego castellano, y en la última clase tengo educación física!".

Por un momento, María se planteó la idea de contarle a sus padres su miedo a las barras de la pared. Pero luego decidió no hacerlo. Por alguna razón que se le escapaba, ahora no quería hablar de ello con mamá y papá, a pesar de que normalmente discutía todo con ellos. Después de desayunar corrió al cuarto de baño, se lavó cuidadosamente los dientes y se peinó el largo pelo con el peine. Luego se despidió de sus padres, que le dieron un beso en la frente y le desearon un buen día en la escuela.

María se dirigió a la parada del autobús, que estaba a sólo unos minutos a pie de su casa. De pronto volvió a oír un crujido. De nuevo vio a la pequeña ardilla de antes. Tenía una nuez en las patas y estaba a pocos metros de ella. La ardilla también se fijó ahora en la niña. Se levantó sobre sus patas traseras y miró profundamente a los ojos de María.

“No estarás intentando quitarme la nuez, ¿verdad?“, preguntó descaradamente la ardilla. María se quedó delante del simpático animal con la boca abierta y los

ojos como platos, sin poder creer lo que estaba sucediendo. ¿La ardilla realmente le había hablado o estaba soñando?
“¿Tú... tú... puedes hablar?“, tartamudeaba María con incredulidad.
“Sí, claro que sí. Pero rara vez hablo con la gente. Hoy hago una excepción contigo, querida María, ¡porque me gustas!“, respondió la ardilla.
“¿Có... Có... cómo sabes mi nombre?“, preguntó María, completamente asombrada.
“¡Bueno, somos vecinos! Hace tiempo que vivo en ese abedul que hay en tu jardín. Desde allí, a veces te veo jugar con tus amigos o hablar con tus padres. Así es como llegué a conocer tu nombre. Por cierto, me llamo Mauricio, aunque puedes llamarme

simplemente Mauri. Pero dime, ¿no tienes
que ir a la escuela por la mañana?
Creo que tienes que irte pronto“,
dijo la ardilla.

“Hola Mauri. ¡Encantada de conocerte!,
respondió María encantada con una sonrisa
en los labios. Luego continuó con una
voz más seria:
“Bueno, en realidad hoy no quiero ir a la
escuela. Tengo que escalar las barras de pared
en la clase de gimnasia y me da pánico“.
“Pero no tienes que tener miedo de eso en
absoluto. Respira profundamente y no mires
hacia abajo mientras subes. Verás que no
es tan difícil“,
dijo Mauri, asintiendo con su pequeña
cabeza para animar a María.
“Bueno, para ti es fácil decirlo. Al fin y al
cabo, eres una ardilla y se te da muy

bien trepar. Pero yo no puedo“, suspiró María, desesperada.
Mauri sintió pena por la niña. Se rascó la cabeza con la pata derecha y pensó intensamente en cómo podría ayudar a María. Entonces empezó a hablar:
“Sí, tienes toda la razón. Hoy puedo escalar muy bien. Pero ¿sabes? No siempre fue así. Recuerdo la época en la que todavía era una pequeña ardilla bebé. La primera vez que tuve que subir a un árbol alto por mi cuenta, me dio tanto miedo como a ti ahora. Para ser sinceros, también está bien tener miedo y aprensión a las cosas nuevas al principio. Pero eso no debe impedirnos aspirar a las estrellas y cumplir nuestros sueños. Si realmente quieres subir esa pared, tienes que creer en ti misma. Yo, por mi parte, creo en ti. Puedes hacerlo“.

María escuchó atentamente a Mauri y de pronto se sintió llena de un nuevo e irreprimible valor. Sin duda, Mauri tenía razón. Podía hacerlo si creía en sí misma. Le hubiera gustado charlar un poco más con él, pero ahora tenía que darse prisa para no llegar tarde a la escuela.

"Gracias por tu ayuda, Mauri. Sin duda recordaré lo que has dicho. Me has ayudado mucho. Espero volver a verte pronto".

Con prisa, saludó con la mano a Mauri, que ya se había subido de nuevo al tronco de un árbol. Desde allí miró brevemente a María y luego desapareció entre las densas ramas.

Con ánimos renovados, María subió al
autobús y se dirigió a la escuela.
Decidió que se enfrentaría a su miedo.

“¡Din don dan!“
sonó la campana de la escuela.
Había llegado el momento. María apenas
pudo concentrarse durante las clases de
la mañana. No podía dejar de pensar en
Mauri y en sus palabras. Por fin llegaron las
11 y comenzó la clase de educación física.
Junto con la profesora de su clase, la Sra.
Valera, los niños fueron al polideportivo, que
estaba justo al lado del edificio de la escuela.
Cuando todos estuvieron cambiados, se
reunieron frente a las barras de la pared. La
Sra. Valera dijo a los niños:
“Como anuncié la semana pasada, hoy vamos
a trepar por las barras de la pared“.

En primer lugar, cada uno debía prepararse haciendo unos cuantos ejercicios de calentamiento, y luego debían formar una fila. Uno tras otro subieron los peldaños. Algunos con rapidez y habilidad, otros con lentitud y mucho cuidado.

El corazón de María empezó a latir cada vez más rápido por la emoción. Contempló fijamente los numerosos peldaños que ahora debía dominar. Delante de ellos se habían colocado unas suaves colchonetas azules en el suelo, para que nadie pudiera hacerse daño. Eso tranquilizó un poco a María, pero seguía estando muy nerviosa. Las barras de la pared no eran especialmente altas, pero en ese momento a María le

parecían la montaña más alta de la tierra.
Se colocó al final de la fila para poder observar primero a los demás.
María se dio cuenta de que muchos de ellos también estaban nerviosos.

Le tocaba a ella. Inmediatamente su corazón comenzó a latir con fuerza de nuevo, pero no se rendiría ahora. Al menos tenía que intentar hacerlo lo mejor posible. Volvió a pensar en las palabras de Mauri y caminó con decisión hacia los peldaños de la pared.

Cerró los ojos un momento, volvió a respirar profundamente y empezó a subir. Los primeros peldaños fueron difíciles y sus piernas temblaban un poco.

Pero con cada paso y cada agarre que hacía, María se sentía cada vez más segura.

Un paso más, y otro más. ¿Hasta dónde había llegado? Ahora sentía un poco de curiosidad y quiso de echar un vistazo, pero recordó lo que Mauri le había aconsejado: ¡no debía mirar hacia abajo! Se detuvo un momento y volvió a reunir fuerzas. Un paso más y llegó a la cima. Tras una breve pausa, la niña bajó con cuidado hasta que sus pies volvieron a tocar el suelo.

¡Terminado! ¡Lo había conseguido! ¡Sí! Lo que esa mañana le había parecido imposible y le había causado tanto miedo, ya lo había dominado. Un sentimiento de alegría la embargó. Su cara brillaba como el sol.

“Ha sido genial cómo has subido, María. ¡Casi tan hábil como una ardilla!“, comentó la Sra. Valera, elogiando a la niña y guiñándole un ojo, como si supiera de su maestro.

La clase de deporte ya había terminado y María se fue a casa con Eva. Le hubiera gustado contarle a Eva la historia de su nuevo amiguito, pero debía seguir siendo su secreto especial. María aún parecía estar en un sueño.
Pasó un tiempo antes de que comprendiera realmente lo que había sucedido.

El resto del camino a casa lo hizo a los saltos, de una pierna a otra, pensando una y otra vez en cómo había trepado por las barras de la pared, y en la sensación de libertad que tenía. Estaba muy contenta. Una vez en casa, María se moría de ganas de contárselo por fin a Mauri. Tenía que ser el primero en saberlo. Corrió hasta el jardín y se detuvo justo debajo del abedul.

"Mauri, ¿dónde estás?",
gritó la niña, buscando en todas direcciones. Una y otra vez gritó tan fuerte como pudo sin importarle en absoluto si alguien la oía. Simplemente tenía que decírselo.
De pronto llegó Mauri corriendo. Su peluda cola se agitaba de un lado a otro y ya estaba frente a ella, mirándola interrogativamente.
"¡Mauri, por fin estás aquí! ¡No lo vas a creer! Subí hasta la cima. Nunca podría haberlo hecho sin tus consejos. Gracias por tu ayuda", dijo María, radiante de alegría, y le hubiera encantado coger al simpático animalito en brazos.
Mauri se echó un poco hacia atrás y respondió: "No tienes por qué. Sólo tienes que agradecértelo a ti misma. Al fin y al cabo, fuiste tú quien escaló, no yo. Sólo te he dado un consejo. Estaba convencido de que lo conseguirías. Y también estoy bastante

seguro de que conseguirás mucho más en tu vida si simplemente crees en ti misma. Ahora tengo que seguir recogiendo frutos secos y semillas para el invierno. Adiós, hasta pronto."
A María le hubiera encantado seguir hablando con Mauri, pero antes de que pudiera darse cuenta, Mauri ya se había subido ágilmente a otro árbol y había desaparecido entre las ramas y las hojas sin dejar rastro.

María necesitó un momento para realmente comprender las palabras de su nuevo amigo. Todavía se sentía como si estuviera atrapada en un hermoso sueño. Mauri tenía razón. Había subido sola, y lo había hecho porque había vencido su miedo. Aun así, Mauri había sido de gran ayuda para ella, y por eso le estaría eternamente agradecida. Con una sonrisa, María volvió a mirar hacia el árbol, tal

vez para echar un vistazo a Mauri.
Pero Mauri ya había saltado a otro árbol
y estaba ocupado buscando su alimento
para el invierno.

Hoy María ha aprendido que puede hacer
por sí misma mucho más de lo que pensaba
al principio. Mucho era posible si sólo creía
en sí misma. Quién sabe, tal vez algún día se

convierta en alpinista y escale las montañas más altas del mundo.

Sea cual sea su vida en el futuro, nunca olvidará este día.

¡Gracias Mauri!

¡Estoy orgullosa de mí misma!

La prueba de valor

¿Sabes lo que es una prueba de valor? Tal vez hayas oído hablar de ella en algún momento. En una llamada 'prueba de valor', hay que hacer algo y superar el miedo. Por ejemplo, dejar que una araña se suba a tu mano, tocar una ortiga o incluso comer una lombriz.

¡Puaj! Esta historia trata de una prueba de valor de este tipo.

Cristina tenía diez años e iba a cuarto de primaria. Era una niña extremadamente feliz. En la escuela había hecho dos buenas amigas. Se llamaban Carlota y Raquel y estaban en su misma clase. A las tres chicas les gustaba reunirse después del colegio y pasaban mucho tiempo juntas. Hacían los deberes juntas, jugaban a las cartas o

simplemente se divertían. Hoy, una vez más, se reunieron en casa de Cristina.
Después de jugar al Mikado en el piso durante una hora, decidieron salir a la calle. Era una tarde tibia de agosto y hacía un calor agradable. Sólo unas pequeñas nubes ocultaban el brillante sol de vez en cuando, y los pájaros cantaban alegremente en los árboles.

Cristina vivía con sus padres en las afueras de la ciudad, en una zona rural con muchos árboles, arbustos y prados llenos de flores. De vez en cuando incluso se veían ovejas y vacas pastando en los prados. Desde hacía unas semanas, las tres chicas siempre hacían desafíos cuando estaban solas en la naturaleza. A Carlota y Raquel se les ocurrió la idea de hacer alguna locura de vez en cuando. A Cristina, en cambio, no le gustó nada la mayoría de las pruebas de valor.

Pero no se atrevió a decirle a sus amigas lo que pensaba. Al fin y al cabo, no quería que Carlota y Raquel la llamaran cobarde ni parecer una aguafiestas. Por eso Cristina había participado en todas las pruebas hasta el momento, aunque muchas de ellas no le parecieran bien o correctas.

Mientras las chicas pasaban por delante de un alto nogal, Carlota tuvo otra idea para una nueva prueba.
Entusiasmada, Carlota dijo a Cristina y Raquel: “Se me acaba de ocurrir una prueba. ¿Veis ese gran árbol de ahí? ¿Quién de vosotras se atreve a subir ahí arriba?“.
Cristina tragó saliva. Frunció el ceño, pensativa. Subir a un árbol tan alto no era algo con lo que se sintiera cómoda.

Se armó de valor y decidió decir lo que pensaba: “No creo que sea una buena idea. ¡Si te caes desde tan alto, puedes romperte todos los huesos! ¡No hay manera de que yo suba allí y espero que tú tampoco lo hagas! Subir a un árbol tan alto es demasiado peligroso.“
Por primera vez, Cristina habló abiertamente de lo que realmente pensaba.

“¿Tienes miedo?“,
preguntó Carlota con una sonrisa traviesa.
“¡Suenas como un gato asustado!
¡Cristina es una miedosa!”,
exclamó Raquel en voz alta.

A Cristina no le sentó nada bien que Carlota y Raquel se burlaran de ella. Pero aún así se mantuvo en su decisión de no subir al árbol. Para ella era simplemente demasiado peligroso. Carlota se dirigió al árbol y dijo con seguridad: “Muy bien. Entonces le mostraré a la miedosa que no es tan difícil subir a este árbol. ¡Ahora fíjate bien!“.

Entonces Carlota comenzó a subir. Rama a rama se fue elevando más y más. A cada paso que daba, se rompían las ramas finas y caían al suelo. Cuando llegó a mitad de camino, se subió a una rama más gruesa para hacer un

breve descanso. Desde allí miró a Cristina y a Raquel.
"¡Mira lo alto que estoy ya! Te dije que no había nada que temer. Es muy fácil", dijo Carlota.

Y de pronto, ¡sucedió! En su alegría, la atención de Carlota se distrajo momentáneamente y perdió el equilibrio. Intentó desesperadamente agarrarse a una rama con todas sus fuerzas, pero ya era demasiado tarde. Cayó del árbol y aterrizó en la hierba.

"¡Ay!", gimió de dolor Carlota.

Había caído directamente sobre su muslo derecho. Inmediatamente Cristina y Raquel corrieron hacia ella para ayudarla.

“¿Estás bien? ¿Te duele algo?, preguntó Cristina preocupada.

“Creo que me he roto la pierna. Además, me siento muy mareada. Necesito un médico. Ayúdame, por favor!“, sollozó Carlota con lágrimas en los ojos.

Cristina no dudó ni un momento y corrió a casa tan rápido como pudo. Allí, completamente alterada, le contó a su madre lo que le había ocurrido a Carlota.

La madre de Cristina llamó inmediatamente a la ambulancia. Entonces Cristina volvió corriendo al lugar del accidente a la velocidad del rayo para esperar a la ambulancia con Carlota y Raquel.

Unos diez minutos después, llegó el médico de urgencias. Llevaba una bata blanca y un botiquín para poder examinar a Carlota de cerca. Le palpó cuidadosamente la pierna y luego le dijo:
"Creo que sería mejor hacerte una radiografía en el hospital".
Utilizando una bolsa de plástico azul con hielo, enfrió la pierna lesionada para reducir la hinchazón. A continuación, Carlota fue subida cuidadosamente en la ambulancia y conducida al hospital. Raquel y Cristina la acompañaron para ofrecerle apoyo en esta difícil situación.

Mientras las tres chicas esperaban la radiografía, Carlota le dijo a Cristina:
"Tenías razón. Esta fue una idea realmente

estúpida para una prueba. Debería haberte escuchado, pero en lugar de eso me reí de ti. ¡Lo siento mucho! Gracias por llamar a un médico por mí tan rápidamente.
Eres una gran amiga.“

Raquel también pidió disculpas a Cristina: “Perdón por haberte llamado miedosa. Eso estuvo muy mal de mi parte y no está bien. Lo siento.“

“Está bien. Todos cometemos errores a veces. Además, ¡somos amigas de verdad después de todo! ¡Acepto vuestras disculpas!”, respondió Cristina con una sonrisa en la cara. Regresó el médico. Tenía en la mano una gran radiografía que mostraba el muslo de Carlota. “Has vuelto a tener suerte, Carlota. Tienes una fuerte contusión, pero tu pierna no está rota. Tienes que descansar la pierna durante un tiempo y aplicar una pomada especial. En dos o tres semanas todo volverá a estar bien. No hagas más cosas peligrosas de este tipo”, advirtió el médico.

Inmediatamente, las tres chicas respiraron aliviadas. Gracias a Dios no le había pasado nada peor a Carlota.

Cristina se alegró de haber escuchado a

su corazón. La valentía significa atreverse a hacer algo. Pero también es importante la seguridad y evaluar si algo podría ser demasiado peligroso. No siempre tienes que hacer de superheroína para mostrar valor. También demuestras valor al decir

"No" cuando no quieres hacer algo.

A veces incluso demuestras más valor diciendo "no" que intentando ser valiente.

Cristina lo ha demostrado hoy.

¡Estoy segura!

El dictado

Ana se sentó nerviosa en su asiento. Una y otra vez miró hacia la puerta. Pronto el Sr. Torres entraría en el aula y comenzaría la clase de castellano. Nerviosa, dibujó un girasol en su cuaderno de dibujo. Siempre se ponía a dibujar cuando estaba nerviosa. De esta manera podía apartar su mente de las cosas y, al menos, distraerse un poco. Pero hoy, por alguna razón, no funcionó.
La presión era demasiado grande.

Junto a Ana estaba sentada su amiga Serena. Los dos se habían conocido en la guardería, y se habían hecho buenas amigas desde entonces. Ahora iban a la misma clase y eran vecinas de asiento.

Ana le dijo a Serena:
"Hoy recibiremos el dictado de la semana pasada. No me siento nada bien cuando pienso en mi nota. Sin duda, cometí muchos errores. El dictado fue bastante difícil."

A diferencia de Ana, Serena no parecía molesta en absoluto. Seguramente porque Serena siempre sacaba sobresalientes en castellano y probablemente también esperaba una muy buena nota en este dictado. Serena miró a Ana con asombro y dijo:
"¡Bueno, yo creí que el dictado era bastante fácil!".

Eso era exactamente lo que Ana no quería oír. ¡Al contrario! Por supuesto,
se alegraría por su amiga si volviera a sacar un sobresaliente.
Pero, en secreto, Ana hubiera preferido que Serena dijera que el dictado no le había resultado fácil.

Con grandes pasos entró el Sr. Torres, el maestro, en el aula. Colocó su gran maletín marrón sobre el escritorio y luego saludó a los alumnos de buen humor:
"¡Buenos días! Por fin he corregido el dictado de la semana pasada. Estoy seguro de que están emocionados por saber qué notas han recibido."

Un fuerte murmullo recorrió el aula.
Al parecer, Ana no era la única que prefería no saber nunca cómo habían calificado su

dictado. Algunos estudiantes empezaron a susurrar desesperadamente entre ellos. Otros miraban en silencio al suelo, jugando con sus estuches de lápices o incluso mordiéndose las uñas por la excitación.

El Sr. Torres sacó un montón de papeles del bolsillo y volvió a tomar la palabra para informar a la clase sobre las notas. Como si estuvieran hechizados, toda la atención estaba ahora en sus palabras.
“Sólo hay un diez, cuatro ochos, ocho sietes, dos cincos y también, por desgracia, un cuatro.“

El corazón de Ana cayó al suelo. Al pensar que podría tener el cuatro, se sintió mal de la panza y su cara se volvió blanca como la cal. De ninguna manera iba a tener el único cuatro, pero ahora temía lo peor.

El Sr. Torres comenzó ahora a recorrer las filas de adelante hacia atrás, entregando personalmente el dictado a cada alumno. Ana y Serena se sentaban juntas en una mesa de la tercera fila. El Sr. Torres tardó un rato en llegar hasta ellas. A Ana le pareció media eternidad y se ponía cada vez más nerviosa. El Sr. Torres devolvió su dictado primero a Serena. Sostuvo el dictado de Serena en sus manos, miró la nota y luego dijo con una sonrisa en los labios:
"¡Muy bien hecho, Serena! Has escrito el mejor trabajo. ¡No tienes ni un solo error! Sigue así."
Luego, casi con solemnidad, depositó el dictado sobre la mesa frente a ella. Una vez más había obtenido un sobresaliente.

"¡Sí!", gritó Serena con alegría, sonriendo de oreja a oreja. El Sr. Torres también estaba visiblemente de buen humor y feliz por su alumna estrella.

Ahora el Sr. Torres empezó a buscar en la pila de hojas el dictado de Ana. Cuando lo encontró, su estado de ánimo volvió a ser más serio. El Sr. Torres puso el dictado en la mesa frente a Ana y se inclinó hacia ella.
“La verdad es que esperaba un mejor rendimiento por tu parte. ¿Qué ha pasado?“, susurró el Sr. Torres al oído de Ana para que los demás alumnos no pudieran oírlo. Ana observó ahora el cuatro rojo de su dictado y tragó saliva.
“Yo... yo... no sé exactamente qué pasó...“, susurró en voz baja.

“Muy bien, entonces habrás tenido un mal día. ¡Le puede pasar a cualquiera! ¡Estoy seguro de que tu próximo dictado será mejor!“,

dijo el Sr. Torres en voz baja. Luego se levantó de nuevo y se dirigió al siguiente alumno.

Ana se quedó mirando su dictado como si estuviera paralizada. Casi todas las frases tenían un error y el Sr. Torres las había marcado todas en rojo. Le hubiera gustado llorar en ese momento. Pero no quería llorar delante de los otros niños, así que aguantó las lágrimas y se esforzó en que no se notara nada. Nunca se había sentido tan triste en toda su vida.

Afortunadamente la clase terminó pronto. Ana se moría de ganas de estar por fin sola en su cuarto. De camino a casa, pensó en lo que debía decir a sus padres. Se sentía avergonzada por haber recibido la peor nota. Por eso hubiera preferido no decir una palabra sobre el dictado. Pero enseguida se dio cuenta de que esa tampoco sería una solución. Al fin y al cabo, papá y mamá se enterarían en algún momento.

Tal vez en la reunión de padres y profesores del viernes, o a más tardar cuando recibiera su boletín de notas de ese año escolar.

Ana llegó a casa desanimada. Papá seguía en el trabajo hasta las dos de la tarde, pero mamá ya estaba en casa, y había preparado el almuerzo para la familia.
“¡Hola Ana! Me alegro de que estés aquí. Nos he cocinado espaguetis con salsa de tomate. Tendremos puré de manzana de postre. ¡Comamos enseguida, mientras está caliente! Hoy papá llegará un poco tarde del trabajo“, dijo mamá con cariño y le dio a Ana un beso en la frente a modo de saludo.

Aunque Ana tenía poca hambre a causa de su mala nota, se sentó a la mesa con su madre. Mamá no tardó en darse cuenta de que Ana parecía triste hoy. Conocía demasiado bien a su hija y sabía que algo iba mal.
“¿Qué pasa, cariño?
¿Por qué estás tan callada hoy?“,
preguntó.

Ana se limitó a encogerse de hombros y a guardar silencio.

“Sabes que puedes contarme cualquier cosa que te pase por la cabeza. ¡Al fin y al cabo, soy tu madre! ¿Ha pasado algo malo en el colegio?”, preguntó mamá, acariciando la mejilla de Ana con cariño.

Ana finalmente juntó coraje y respondió con lágrimas en los ojos: “¡Sí, he sacado un cuatro en el dictado!
Tampoco sé cómo ha podido pasar eso. Estudié lo suficiente, pero fue demasiado difícil“.
Las lágrimas empezaron a

rodar por sus mejillas. Mamá la abrazó con fuerza para consolarla.
Cuando Ana se calmó un poco, mamá comenzó a decirle:
"Aunque probablemente ahora lo veas de forma muy diferente, no creo que una mala nota sea el fin del mundo. Y no hay que avergonzarse de ello. Hiciste lo mejor que pudiste y eso es lo que realmente cuenta. Una vez me pusieron un cuatro en la escuela y me puse muy triste. Pero los fracasos también forman parte de la vida. No todo puede salir siempre a la perfección, por más que lo deseemos. Seguramente tendrás otras oportunidades de obtener una mejor calificación. No está mal, querida."

"¡Sí, es muy malo!",
objetó Ana, completamente alterada.
"Tienes que esforzarte en la escuela para

poder conseguir un buen trabajo más adelante. Además, me molesta que Serena siempre saque sobresalientes. ¡Siempre es mejor que yo! ¿Por qué no puedo ser tan inteligente como ella?“.
Mamá respondió con voz suave:
“Una nota no dice nada sobre lo que puedes conseguir en tu vida. Si tienes un sueño, lo más importante es creer en ti misma.
Siempre te querré, sin importar la nota que recibas.
Porque eres una chica maravillosa y ninguna calificación del mundo puede cambiar eso.
Porque las notas no determinan lo que vale una persona“.

Ana tardó un poco en comprender realmente lo que mamá acababa de decirle. Luego se limpió las lágrimas de la cara, respiró profundamente y dijo:

“Yo también te quiero, mamá“.

Ana se alegró de tener una madre tan estupenda. Se sintió aliviada de que a mamá no le importara en absoluto que no se le diera bien el dictado.

Por la tarde, papá llegó por fin a casa del trabajo. Le dijo que él también había recibido a menudo una mala nota, y que no había sido el mejor alumno. Pero aun así siguió su camino y hoy tenía un trabajo que lo hacía feliz.

Mamá y papá estaban orgullosos de que Ana fuera tan valiente y se abriera con ellos sobre sus miedos. Ana decidió que, a partir de ese momento, no volvería a ponerse tan triste por una mala nota. Después de todo, había cosas mucho más importantes en la vida.

Como bien dijo mamá a la hora de comer: una nota no determina el valor de una persona.

Me aman

El reto

“¡Bzzzzz!“. El despertador sonó puntualmente a las 6:30 de la mañana y Paula seguía en su cama con bastante sueño. Habría preferido dormir un poco más, porque oía la lluvia afuera, golpeando las ventanas. Todo el fin de semana había estado nublado y lluvioso. Esta mañana, además, las nubes estaban bajas y un viento tormentoso soplaba entre las copas de los árboles.

En realidad a Paula no le importaba mucho la lluvia. Todos los días salía a pasear con su perro Benni sin importar el tiempo que hiciera. Mientras su amigo de cuatro patas olfateaba el camino con interés, a ella le gustaba observar las gotas de lluvia que bailaban en los charcos. Pero hoy quería poner la almohada sobre su cabeza y seguir soñando. Pero como hoy era lunes y el colegio volvía a empezar después de las vacaciones, no podía perder más tiempo.

Desde hacía algún tiempo ayudaba a su madre a preparar el desayuno para toda la familia. Paula era la mayor y tenía dos hermanos menores.
Papá había tenido que ir a trabajar muy temprano, así que hoy desayunaron los cuatro, sin él.

Se vistió rápidamente y corrió a la cocina. Mamá ya estaba poniendo los platos y Paula debía encargarse de los cereales. Un rápido "Buenos días" y un beso en la mejilla y enseguida se puso a cortar fruta, que luego añadió a la avena y la leche.

"Bueno, Paula, ¿te sientes en forma para ir por tu cuenta a la escuela?",
preguntó mamá, sonriendo ligeramente.
"A partir de ahora, como muchos otros niños, irás al colegio tú solita en tren", continuó mamá.

Paula tenía nueve años y estaba en tercero de primaria. Durante las vacaciones, sus padres habían decidido que ya era lo suficientemente mayor como para viajar sola en tren a la ciudad cercana donde se encontraba su escuela.
Hasta ahora, mamá, y ocasionalmente papá, solían llevarla al colegio. Pero eso iba a cambiar. Para mamá a menudo era especialmente estresante por las mañanas, ya que todavía debía cuidar a sus hermanos pequeños, Ana y Felipe.

Sus padres habían preparado bien a Paula para este nuevo reto. Por supuesto, ya había viajado en tren muchas veces. Pero nunca sola. Recientemente mamá y papá le habían enseñado varias veces a qué tenía que prestar atención cuando viajaba en tren. Dónde comprar el billete, en qué vía estaba el tren correcto, que tenía que enseñar el billete al revisor y dónde debía bajarse.

En realidad, Paula estaba un poco orgullosa de que ahora se le permitiera viajar sola, pero era una chica bastante reservada y tímida. Tenía muchos amigos, pero aun así a veces le resultaba difícil acercarse a desconocidos. Una vez que Paula conocía a otro niño, era naturalmente abierta y rápidamente se hacía de un nuevo amigo. Pero, ¿acercarse a alguien que no conocía en absoluto? Eso no era fácil para ella, y se sentía insegura por ello.

Paula deseaba mucho que María y Susana tomaran también el tren con ella. Eran sus mejores amigas. Pero María vivía justo al lado de la escuela y, por tanto, podía ir caminando. Susana vivía en un pueblo cercano y siempre tomaba el autobús.

Así que Paula estaría sola en el tren, junto a mucha gente que no conocía. Eso, de alguna manera, le daba miedo.

"Oh, mamá, ¿puedes llevarme al colegio por última vez hoy? ¡Por favor! ¡Está lloviendo!", suplicó Paula durante el desayuno mirando a su madre y lloriqueando.
"No, cariño, todo eso ya lo hablamos ayer. Además, ¡ya he comprado el billete para ti! Paula, ¡puedes hacerlo! ¡Estoy segura de que puedes hacerlo!",
respondió mamá muy convencida.

Paula lanzó un gran suspiro y se dio cuenta de que no tenía mucho sentido seguir discutiendo este tema con su madre. Sabía que en algún momento tendría que ir a la escuela por su cuenta. Y hoy iba a ser ese momento.

Además, ¡ya era lo suficientemente mayor!

Después del desayuno, Paula se despidió de mamá y de sus hermanos pequeños. Un poco mareada, pero también con cierta confianza, se puso en marcha.

Se dirigió a la estación de tren, que estaba cerca del su apartamento. Afortunadamente había dejado de llover. En silencio, pensó que realmente sabía todo lo que debía tener en cuenta. Se sintió más valiente, y sus pasos se volvieron más seguros y rápidos. Para llegar a la estación tenía que cruzar una carretera muy transitada. Un paso de cebra y un semáforo le facilitaban el camino. Sin embargo, antes de cruzar la calle, Paula miró atentamente a la izquierda y a la derecha para ver si realmente no venía ningún coche. Así lo había aprendido de sus padres.

“¡Más vale prevenir que curar!“,
solía decir su abuela. Así que, para estar completamente segura, miró una vez más a la izquierda y a la derecha para ver si el semáforo estaba realmente en verde. ¡Todo estaba bien! Cruzó el paso de cebra a paso ligero, y poco después llegó a la estación.

La estación de pronto le parecía mucho más inmensa de lo habitual. Había mucha gente delante de las vías. Los trenes que llegaban y salían ahogaban muchas conversaciones. Mujeres, hombres, niños, ¡eran muchos! Probablemente la mayoría tenía que ir a trabajar, algunos tenían que ir de compras o hacer algo importante. Los numerosos niños seguramente tenían que ir a clase. Impresionada por el bullicio, buscó la plataforma con el número cuatro. Desde allí, su tren salía a las 7:38 horas. Justo a tiempo, rodó lentamente hasta detenerse con un fuerte silbido.

Paula se situó detrás de un grupo de pasajeros. Un señor mayor abrió la puerta pulsando un botón. Paula subió con precaución las escaleras y se buscó un buen asiento.

Los pasillos eran estrechos y estaban abarrotados. Algunas personas se detenían en las ventanillas y charlaban animadamente. Otros estaban leyendo el periódico o mirando sus teléfonos móviles. Casi todos los asientos estaban ya ocupados. Paula dejó que sus ojos recorrieran las numerosas filas de asientos. ¿Dónde debía sentarse? No quería pasar todo el viaje de pie. Caminó lentamente por el vagón y se dio cuenta de que tendría que preguntar a

alguien si podía sentarse.
Casi llegando al final, Paula vio a una chica sentada sola. Tenía su mochila en el regazo y miraba por la ventanilla con una mirada inexpresiva. Paula dudó, pero luego decidió preguntar a la chica si podía sentarse allí. Tal vez iba a la misma escuela primaria, e incluso se alegrase de conocer a Paula. ¡No cuesta nada pedirlo amablemente! Paula había recibido una vez ese consejo de su abuela.

"¡Buenos días!
¿Aún está libre el asiento junto al tuyo?", preguntó Paula con una leve sonrisa en los labios.
"¡Hola, sí, el asiento sigue libre! Puedes sentarte a mi lado",
respondió la chica, visiblemente satisfecha.
Paula se quitó la mochila de los hombros y se

sentó rápidamente porque había más gente empujando por los pasillos detrás de ella. Entonces se dirigió a la chica y le dijo: "Por cierto, me llamo Paula".

"Y yo soy Antonia", respondió la chica. Las dos se sonrieron brevemente y empezaron a hablar de todo tipo de cosas. Se entendieron inmediatamente, y se dieron cuenta de que tenían muchas cosas en común. Iban al mismo colegio, sólo que Antonia ya estaba en cuarto de primaria. También tenían los mismos intereses, como pintar o bailar.

Las dos chicas hablaban entre sí con tanto entusiasmo, que casi se olvidaron de que tenían que bajar del tren. Juntas emprendieron el último tramo del viaje

hasta la escuela.

Paula estaba encantada, y convencida de que había hecho una nueva amiga. Incluso acordaron volver a sentarse juntas en el tren al día siguiente.

Para Paula, ese lunes fue una experiencia maravillosa. Lo primero que descubrió fue que podía ir a la escuela de forma completamente independiente. Pensar que la habían atormentado tantas preocupaciones y temores antes. Había conseguido arreglárselas en un entorno extraño. Y además, había superado su miedo por acercarse a alguien y establecer contacto. Había aprendido que en la vida hay que estar abierto a nuevos retos.

Había superado su timidez, y eso la llenaba de orgullo.

Fue un día muy especial y único.

¡Soy valiente
y fuerte!

Cucú, cantaba la rana

Cucú, cucú, cantaba la rana,
Cucú, cucú, debajo del agua.

Cucú, cucú, pasó un marinero
Cucú, cucú, llevando romero.

Cucú, cucú, pasó una criada
Cucú, cucú, llevando ensalada.

Cucú, cucú, pasó un caballero,
Cucú, cucú, con capa y sombrero.

Cucú, cucú, pasó una señora,
Cucú, cucú, llevando unas moras.

Cucú, cucú, le pedí un poquito,
Cucú, cucú, no me quiso dar,
Cucú, cucú, me puse a llorar.

CU CU CANTABA LA RANA, Canciones infantiles - ToyCantando
P&C 2019 Toy Cantando S.A.S.

¡Por fin! Sofía se sabía toda la canción de memoria. Satisfecha consigo misma y con el mundo, cerró su libro de texto y se acurrucó en su puf. Su mirada recorrió la habitación. Algo de relajación le vendría bien. Mañana, en la clase de música, tenía que cantar sola la canción “Cucú, cantaba la rana“ delante de toda la clase.

El mero hecho de pensar en ello ponía nerviosa a Sofía. Entonces, todos sus compañeros se quedaban mirando y su profesor de música detectaba hasta el más mínimo error.

Y si de repente olvidara las palabras... ¡sería una vergüenza! La madre de Sofía la ayudó a aprender la canción de memoria. Una y otra vez Sofía le cantaba la canción, o practicaba a solas en su guardería. La mayor parte del tiempo no cometía errores, pero a veces no daba bien algunas notas o se olvidaba de las palabras. Sofía siempre se sintió fatal en esas ocasiones.

Mamá siempre la consolaba y le decía con ánimo: “Ay, Sofía, no te presiones tanto. Todo el mundo comete errores. Nada ni nadie en el mundo es perfecto“.
En el fondo, Sofía sabía que su madre tenía razón, por supuesto. Pero aun así, no quería cometer ni un solo error. Simplemente quería hacerlo todo perfectamente, y mañana iba a ser su gran día. Al fin y al cabo, música era una de sus asignaturas favoritas, y quería obtener otro sobresaliente en las

notas, como el año anterior. Por eso estuvo practicando todos los días durante quince días. Naturalmente, mamá estaba orgullosa de que Sofía fuera tan ambiciosa y supiera cantar tan bien. Pero en realidad no le importaba si Sofía obtenía un sobresaliente, un notable o la nota que fuera. Lo más importante para ella era que Sofía fuera feliz y no perdiera el gusto por cantar.

Ya era de noche y Sofía se fue a dormir en pijama. Quería dormirse antes de lo habitual esta noche, para estar bien descansada mañana. Tenía su libro de música en las manos. Volvió a leer la letra con atención para no olvidar ni una sola línea.
Como todas las noches, mamá entró en la habitación de Sofía para darle las buenas noches antes de acostarse. Sabía, por supuesto, que Sofía haría su audición al día

siguiente y que podría tener problemas para dormir, porque estaba muy emocionada. Así que se sentó un momento junto a su cama. Puso suavemente la mano en el hombro de Sofía y dijo con voz suave:
“No te preocupes por mañana. Has hecho un gran trabajo de preparación y estoy segura de que todo saldrá bien“.

Sofía levantó lentamente la cabeza. Por supuesto que se había preparado bien. Pero eso no calmó en absoluto sus nervios. Sofía primero pensó en guardar su miedo para sí misma. Pero entonces decidió hablar abiertamente con su madre sobre lo que le preocupaba.
Sofía estaba convencida de que le haría bien hablar por fin con alguien sobre sus preocupaciones.
“Una pena compartida es media pena“,

le decía siempre mamá. Así que Sofía decidió confiar a su madre sus sentimientos.

“Sé que estoy bien preparada. Pero todavía tengo miedo de olvidar las palabras y que los otros niños se rían de mí“,
dijo Sofía con tristeza.

Mamá respondió inmediatamente:
“Bueno, no me imagino a nadie riéndose de ti. Te contaré un secreto: los otros niños probablemente estarán tan nerviosos como tú. Eso es bastante normal y no es malo. Incluso los adultos experimentamos a veces situaciones en las que estamos muy nerviosos. Pero ahora sí que deberías irte a dormir, si no, ¡no te levantarás por la mañana!“.
Mamá le dio a Sofía un beso en la frente con ternura, apagó la luz y salió de la habitación.

Sofía se sintió un poco mejor. Estaba aliviada y feliz por haber hablado con mamá. Poco después se quedó dormida.

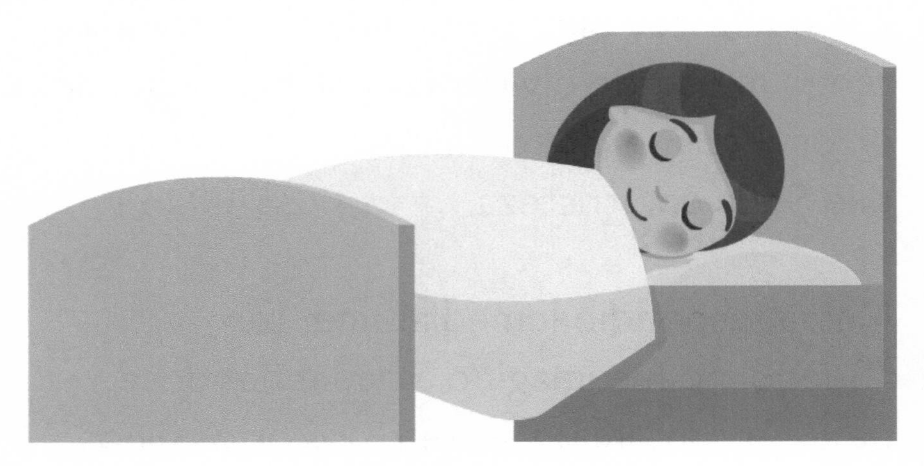

Al día siguiente, Sofía preparó su material escolar para las clases, desayunó abundantemente y se dirigió a la escuela. Tuvo clase de castellano en la primera hora. Normalmente seguía las clases con total atención y el mayor interés, porque a Sofía le gustaba ir a la escuela, pero hoy le costaba concentrarse y mantenerse atenta. Estaba muy nerviosa y tensa, porque pronto iba a cantar delante de toda la clase. No podía pensar en nada más. Por suerte, tenía clase de música en la siguiente hora y finalmente se acabaría la espera.

Después de que sonara el timbre de la segunda hora, el profesor de Sofía, el Sr. García, se levantó y dijo a los niños:
“Como se anunció la semana pasada, algunos de ustedes cantarán hoy la canción “Cucú, cantaba la rana“.
Espero que todos hayan aprendido las palabras y hayan practicado un poco en casa. ¿Quién de ustedes quiere pasar al frente y cantar la canción?“.

La clase entera se quedó callada de inmediato. Había tanto silencio que podrías haber oído caer un alfiler. La mayoría de los niños inclinaron la cabeza o giraron los ojos

hacia la ventana o hacia la pared. Ninguno, pero realmente ninguno quería empezar ahora. Tras unos diez segundos de silencio, que a Sofía le parecieron más bien diez minutos, el Sr. García continuó:
"Muy bien. Si ninguno de ustedes quiere ofrecerse como voluntario, entonces yo elegiré a alguien. No me dejan otra opción".

Después de esta frase, literalmente podía sentirse la tensión en el aula. Todos los niños se pusieron nerviosos. Sofía se quedó mirando su escritorio. Su corazón empezó a latir cada vez más rápido. De ninguna manera quería ser la primera en la audición, así que se dijo a sí misma en su mente:
"Por favor, yo no. Por favor, yo no".

Pero finalmente el Sr. García habló:
"¡Sofía! Por favor, pasa al frente y canta

'Cucú, cantaba la rana' para nosotros".
"¡Que mala suerte! ¿Por qué yo?",
pensó Sofía algo molesta. Luego, con las rodillas temblando y las mejillas sonrojadas, caminó desde su asiento hasta el frente de la pizarra. Los otros niños se sintieron visiblemente aliviados de no ser los primeros. Ahora todos miraban con entusiasmo a Sofía.

Sofía se tomó un momento para calmarse. Respiró profundamente varias veces y empezó a cantar la canción. Durante la primera estrofa todavía estaba muy nerviosa y se podía oír un ligero temblor en su voz, pero poco a poco su miedo se hizo cada vez más pequeño. Cantó las dos siguientes estrofas casi a la perfección.

¡Y entonces ocurrió! ¡La mente en blanco! ¿Cómo seguía la canción?

Sofía había olvidado cómo empezaba la última estrofa. Había practicado el texto cientos de veces y nunca había tenido problemas con la última estrofa. Precisamente hoy, en el momento crucial, delante de su profesor y de todos sus compañeros, la niña quedó atascada.

El corazón de Sofía se aceleró y levantó los ojos con desesperación. Ahora, por supuesto, todos la miraban con los ojos muy abiertos. Pero nadie se rió de ella ni hizo un comentario estúpido. Tal y como le había dicho mamá.

El Sr. García se dio cuenta, por supuesto, de que Sofía dudaba y que en realidad sólo necesitaba un poco de ayuda para terminar el último verso.
"Cucú, cucú, le pedí un poquito...",
dijo el Sr. García, esperando refrescar la memoria de Sofía. Inmediatamente, Sofía recordó. Cantó la última estrofa de principio a fin, sin errores.

"¡Muy bien cantado, Sofía! Muchas gracias. ¡Puedes volver a sentarte!",
dijo encantado el señor García.

Poco a poco, toda la presión desapareció del cuerpo de Sofía y se sintió liberada. Aunque no había cantado perfectamente, e incluso había olvidado la letra, estaba satisfecha consigo misma. Ahora era el turno de los otros niños, y ella escuchaba con atención.

Después de la clase, le preguntó al Sr. García qué nota había sacado. ¡Un 8! Sofía sonrió y se sintió feliz. ¡Qué emocionada estaba! Y ahora por fin lo había conseguido, y nadie se había reído, aunque por un momento había olvidado el texto. Sofía había aprendido que no era tan malo equivocarse.

Estaba muy orgullosa de sí misma por no dejarse vencer por el miedo. La próxima vez le resultaría más fácil pararse delante de toda la clase. Y ¿quién sabe? Quizás un día cantaría delante de mucha gente y daría un concierto. Los sueños son algo hermoso. Sofía se moría de ganas de contarle todo a su madre.

¡Qué día tan agitado!

¡Tengo confianza en mí misma!

Palabras finales

Espero que hayas disfrutado de los cuentos de este libro. ¿Cuál fue tu cuento favorito? ¿Qué cuento te pareció más emocionante? ¿De qué cuento has aprendido más?

Tal vez leas este libro tú sola. ¡Eso sería genial! Pero incluso si tus padres te leen los

cuentos, no hay problema. Seguro que en los próximos años aprenderás a leer cada vez con más fluidez y rapidez.
¡La práctica hace la perfección!

Espero que este libro te haya mostrado que no debes tener miedo de los retos en tu vida. Puedes hacer casi todo si crees en ti misma.

Eres una niña maravillosa.
¡No lo olvides!

¡Soy una
chica
maravillosa!

Pie de imprenta

El autor está representado por: Wupi Dupi FZ-LLC
Academic Zone01-Business Center 5, RAKEZ Business Zone-FZ, RAK, UAE
Año de publicación: 2022
Responsable de la impresión: Amazon
Eres una Chica Increíble
ISBN: 9798835739776
1ª edición 2022
2022 Oliva Hernández Pantoja, Wupi Dupi FZ-LLC

Esta obra, incluidas sus partes, está protegida por derechos de autor. Queda prohibida cualquier explotación sin el consentimiento del editor. Quedan reservados todos los derechos, especialmente el de reproducción, distribución y traducción. Ninguna parte de esta obra puede ser reproducida en forma alguna (por fotocopia, microfilm o cualquier otro procedimiento) ni almacenada, procesada, duplicada o distribuida mediante sistemas electrónicos sin la autorización escrita del editor.

Made in United States
Troutdale, OR
05/20/2023